愛と別れ

夫婦短歌

内田康夫
早坂真紀

短歌研究社

愛と別れ

夫婦短歌

装幀　岡 孝治

cover photo : JBOY / Shutterstock.com

目次

内田康夫からご挨拶――二〇一七年　春

ご無沙汰しております。内田康夫です。

二〇一五年の夏、僕は脳梗塞という厄介な病気に罹ってしまいました。それで毎日新聞に連載中の『孤道』を、休載せざるを得なくなりました。

現在は療養中ですが、長い文章を執筆するには、まだまだ時間がかかりそうです。しかし「孤道」は入院中にも頑張って書いた約五百枚もの作品。このまま眠らせておくのにしのびないと、未完ではありますが五月に単行本で出版し、完結編を一般公募することになりました。

療養中ということにストレスを感じ、小説を書けないことにかなり苛立っておりましたが、僕は短歌が好きであったことを思い出しました。そうだ！　小説は無理でも、短歌だったらいけるかもしれない。そう思ったら、気持ちは少し楽になりました。

勿論いずれは小説を書くつもりです。いつまでも浅見光彦を遊ばせておくわけにはいきませんからね。それまではカミさん（早坂真紀）に協力してもらって、短歌を詠む……そう、短歌でリハビリというわけです。

少女時代から詩が好きだったカミさんは、僕を助けるうちに「短歌」というものに目覚めたようで、自分でも少しずつ詠んでいるようです。

こんな僕たちのことを知って、短歌の老舗雑誌である「短歌研究」と、旧知の講談社の編集者が一緒になって、この「夫婦短歌」の特設サイトを設けるという話に繋がったのです。

言葉での表現から遠ざかっておりましたので、我ながらまだまだの感はあります。健康だったころのレベルに、早く戻れるように努力しますので、どうか温かい気持ちで見守ってくださいますようお願いいたします。

内田康夫

早坂真紀からも一言ご挨拶——二〇一七年　春

夫の作品を愛してくださる方々には、内田康夫の長引く休筆を心苦しく申し訳なく思っております。

私は夫の小説の才能を高く評価しておりましたので、この度の病気が返す返すも残念です。できることなら代わってあげたいくらいです。

本人は小説が書けないということに、かなり苛立っておりました。そのたびに私は本を見ながら百人一首の頭の五文字を読み、続きを読ませておりました。夫は子どものころに覚えたという百首全部を読むどころか、歌の詠み人やその背景まで説明してくれるのです。おまけにお見舞いにいらしてくださる編集者に、ダジャレを折り込んだ歌を聞かせたりしておりました。

以前に夫が『歌枕かるいざわ』という歌集を出版したことを思い出し、ひょうたんから駒ではありませんが、編集者の方が、いずれ小説を書くまでのリハビリを兼ねた短歌のサイトを作ろうとおっしゃってくださったのです。夫婦で……という申し出にはギョッ！でしたが。

私は子どものころから詩は書いておりましたが、短歌はまったくの素人です。でもこのサイトをご覧になって「これなら自分だって」と思う方が出てくるかもと、自分に言い聞かせております。でもあまりにお目汚しになってもと、歌人の先生に講評していただいたりしました。

努力して詠みますが、詩とはまったく違う世界のこと、どうなりますことやら。よろしくお付き合いくださいませ。

早坂真紀

＊この「ご挨拶」は、二〇一七年三月に開設した講談社の特設サイト「夫婦短歌」と、月刊誌「IN★POCKET」に掲載された。このあと、夫妻は、毎月、サイトと雑誌に新作を掲載し、それは一年あまり、内田康夫氏が亡くなるまで続いた。

春

内田康夫

年明けて窓のむこうに柔らかな日差しの注ぎて我にもと願う

立春の置き土産なるこの寒さ小さき春の足音するも

春

青空にコブシの白き色映えてまぶたの裏に軽井沢の春

プチプチと木の芽のはぜる音想い軽井沢の春の恋しき

春眠はあかつきだけとはかぎらぬといい訳しつつ昼寝とろとろ

突風に吹き寄せられたる花びらの去年《こぞ》の枯れ葉と肩寄せ合う

散り急ぐ花の下にて我死なむ弥生望月西行のごと

車椅子突然止めて「あらっ！」と妻スミレを見つけたそれだけのこと

木の陰を選んで歩く妻とぼく会話途絶えて穏やかな午後

タンポポの綿毛をつかんで飛ぶ妻を想いてひとりほほを崩せし

立春を過ぎて今なお寒かりき右手で布団を掻き上げてみる

長い冬耐えて芽吹いた雑草にまだまだぼくも希望はあると

花散りて緑の降り来る木の下で構想を練る『武尊の叛乱』*

*病が治り、復帰したら書こうと思っていた作品名

春

早坂真紀

カーテンを引く手を止めておぼろ月夫《つま》も見てるか同じこころで

散ってさえ艶めき残す紅梅にため息さそう荒れたままの手

降り注ぐ日差しの揺れて枝先にふわりふわりとやさしき春よ

街道のコブシの花が咲いてたとニュース知らせるこころ軽やか

駅前のつぼみに冷たくなごり雪春は迷いていずこにありや

春

なごり雪清少納言かく詠まんいとをかしくていとさむざむし

いずこより花のひとひら足もとにバス待つ我は風を探しぬ

かすかなる風をたどればハナミズキ知らぬ間に来ていた東京の春

窓際のビンにひと枝レンギョウの影の動きて黄昏を知る

武蔵野の台地に生まれて幾百年古木の根元に小さき生命《いのち》

柔らかき日差しに春のはじけたり大地をやぶりクロッカスの芽

雪とけて去年《こぞ》の落ち葉の現れてカビの匂いの懐かしきかな

花びらがまた花びらが降り積もり筏を漕いでアメンボの旅

倒木の朽ちたる幹に苔むして若木はぐくむ情け羨む

愛

内田康夫

起き明かす妻の笑顔の恋しくて耳を澄ませどまだ宵なるか

握られた動かぬ腕に伝わりしじわりじわりと妻のぬくもり

愛

介護する妻は神か母親かときには鬼に見える日もあり

寿命だか余命か何か知らないが残りの時間《とき》を妻と静かに

温かな妻の心に包まれて朽ちていくのも悪くはないと

「ありがとう、感謝してる」とつぶやけど妻に届くか白みゆく空

返事待つその瞬間をおびえてた初めて妻に愛を告げた日

愛

早坂真紀

あと一度一度でいいから抱きしめて片手でなくて両手できつく

愛なのかそれとも哀かこの二年夫《つま》を見守る妻のこころは

忘らるるその寂しさを目で語る夫《つま》は私が守ってみせる

初めての恋はいつかと振り返るそうか！　あれから五十年過ぎた

思い出がたくさんあってよかったと涙ほろほろふたりでほろほろ

若き日の愛の記憶はアニマート時すぎゆきて今はモデラート

わたしにはふるさとがないどこにもないあなたの胸がいつもふるさと

夏

内田康夫

木漏れ日をひざに散らして行く朝は背中に妻の歌など聞いて

野アザミの棘するどく指刺してにじみ出る血のいのちいとしき

夏

足下をトカゲのちろりと横切りて二度目の夏を迎えてため息

緑濃き木陰にいこい漂えば風の甘さよ世はこともなし

芝を刈る音のうるさく庭見れば妻は目を閉じ夏を吸いおり

木陰にて夏を避けつつまどろめば緑の降り来て夢十夜かな

迷い来たカゲロウ窓にはりつきて誰を誘うかどこへ誘うか

あじさいの葉を這いながらカタツムリ梅雨を楽しめ勝手に楽しめ

夏

深くなる緑に埋もれし我が家よあるじなくとも我を忘るな

カッコウとホトトギス鳴く夏の日に春を惜しむかウグイスの声

日盛りにセミ鳴く声の途絶えれば物憂く伸びるスズカケの影

芝草の虫を食みたる小雀に我も独りと声をかけたり

石柱にしがみつきたる空蟬をわらえば塀にヤマバトのいる

リンドウの色あざやかにビンに揺れこの部屋にだけ秋の先取り

振り上げた鎌を留めしカマキリはこれから先をどう動くのか

雷に慌てて蚊帳に隠れたる幼きころのあれはまぼろし

川原でクレソンを摘む妻見つけ身を乗り出した湯川の欄干

風吹けば木の葉隠れの青空が細かく砕けて我に降り来る

夏

早坂真紀

裏庭の木イチゴの白き花思い胸はずませたジャムの算段

芝刈りの音の響きし夏の朝まだ干ぬ露の緑の匂いよ

クロアゲハの誘いに乗りてあと追えばわすれな草の風にゆれてる

風凪いでリンとも鳴らぬ風鈴に鈴虫の来てリンリンと鳴く

無限とはどこまで行けば無限かと瞬く星を見つめて思う

すきあらばところ選ばぬ雑草のそのたくましさが好きになれない

あじさいの色合い未だ見せもせず固きつぼみの肩よせあって

ひとむらのむらさきつゆ草露まとい朝日の昇るそれまでのこと

うぐいすの声に混じりてカッコウの幼き声に夏は来にけり

梅雨晴れの日差しの強く木漏れ日は今だとばかり急ぎて降りぬ

ハルゼミの降り注ぎたる梅雨晴れに森に迷いし独り旅きて

乳母車押したことなき我がいま車椅子押して木陰を歩く

プラタナス並木に降るやセミの声つかの間の生を大切に鳴け

クロアゲハ止まりて少し重たげに首を垂れおりノウゼンカズラ

降りしきるセミ時雨のかしましく間もなく終わるいのちと知らず

駅前の暑き日差しにサルスベリ紅く燃えつつ子らに日影を

芝草の頂上めざし登り行くテントウ虫も風のひと吹き

夏

緑なすケヤキの下の落し文夫《つま》にもらいし手紙はいずこに

軽やかに森の奥よりドラミング緑に染まりて夏のたよりよ

夏至過ぎて影伸ばしたるクスノキに酷暑をしのぐバスを待つ午後

雨上がり名残惜しげに白露の木の葉を伝いて我の頭に

水たまり戯れ飽きて振り返る犬のひとみに夏のたそがれ

森のみち車飛ばせば木漏れ日の我が手にはじけてただ哀しくて

哀

内田康夫

思えども思い通りにいかぬ腕なぜこのやまいなぜこのやまい

嘆くほどいや増す嘆きの恨めしく動かぬ腕になすすべもなし

哀

来し方の楽しきことなど語らえばあれもうたかたこれもうたかた

とぎれゆく記憶をたどりて目を閉じてこのままぼくはどこへ行くのか

年たけて海を旅する夢も今ただ手の届かぬはるか遠くに

この先をどうしようかと思いつつ途絶えたままの孤り行く道

明日こそ病よ治れと祈りつつ目覚めてみれば明日《あす》はまた明日《あす》

長針を逆にまわせど時は戻らず『孤道』の終わりをいかんともせん

哀

ひたすらに走り抜けたる人生の終わりがこれかと恨み一入

いつの日か終わる生命《いのち》のいとしくて耳かたむけるケッヘル４６７

今という時間《とき》を惜しんでうた詠めば哀しみばかり増す哀しみよ

さっきからぼくを見つめる妻の目に哀しみあふれ怒りも少し

しらじらとまた始まるか長き日よ窓という名の絵画見ながら

目覚めればあけぼのらしき庭あかりまた始まるか退屈な時間《とき》

人がみな我より偉く見ゆる日よ今ならわかる啄木のこころ

空中《くう》見つめ過ぎゆく時間《とき》もこの先も他人《ひと》の手を借り生きる情けなさ

ひたすらに仕事とともに駆け抜けた行き着く先に待つものも知らず

ぼくはまだ作家なんだと独り言右手で撫でるワープロの感触

窓を打ち流れる雨に托したき二〇一五年のあの日以降を

カナカナと窓より入りしたそがれに寂しさ増して妻の名を呼ぶ

振り向けば後悔ばかりの人生と今さらながら後悔しおり

このままに朽ちていくのか我が生よこの理不尽さは何の罰なりや

夕暮れてテールランプの赤い河ブレーキランプはぼくの人生

今はただ過ぎにし日々を振り返る切れ切れの糸を引き寄せながら

何をすることなきままに今日もまた影の動きてたそがれを知る

薄れゆく記憶を留めんと目を閉じて著作《ほん》のタイトル音読しをり

哀

静けさが耐えられなくて独り言寂しさ増して天井にらみぬ

武蔵野の台地の樹樹の年輪に我が人生のなんとつかの間

ひたすらに軽井沢へと夢追いて早く帰ろうと妻困らせる

永遠という名の国に旅立つ日妻と二人で何を語ろう

日本茶をマグカップで立ち飲みする妻の背中に哀しみを見る

はしばしの妻のことばのやさしさが今日のぼくには棘と刺さりぬ

治りたい両手で妻を抱きしめたい髪の匂いを留めていたい

助手席に妻座らせて下り坂ブレーキ踏んだ夢が切ない

早坂真紀

苦しげなまた楽しげな夫《つま》の顔夢路にまどうかうたた寝のとき

無意識の意識が時おり目ざめたる喜怒哀楽の怒と哀の二字

哀

「なぜ泣くの？」涙のわけなど聞かないでこの現実を恨んでいるだけ

美しく豊かな語彙はどこに消えた言葉を探して焦れてる夫

フルートの運指も忘れ音も出ずゆとりなきまま過ぎた時間よ

祈りなど無意味なこととあきらめつそれでも奇跡願う弱さよ

夫《つま》はいま眠りの底に落ちているそこに私は絶対いない

こころとか情けがあるのが人間とそれは違うと思うこのごろ

これからの夢はたくさんあったのに時間《とき》を止めたる夫の書斎

夫《つま》の瞳《め》を雨でながして夕まぐれハンドルにぎるこころは孤独

見あぐればあの日のままの空の青でもあの日と違う胸の中

逝くときに「愛していると言うから」と我はうんうんとただ涙だけ

木漏れ日が気持ちを揺する夫《つま》の背に哀しみあわれみ辛さいろいろ

「振りむくな」いまだ現実《うつつ》を受け入れぬおのれを叱りて涙を噛みぬ

これ以上なきほど溜まりしストレスを夫《つま》は知らず穏やかな寝息

たまにはと自分のために調理する萎びたキャベツ芽の出たニンジン

口紅にアブラ浮きたる跡ありておんな忘れし月日《とき》の長さよ

秋

内田康夫

忘らるる身の寂しさのため息に秋は来にけり空の青さよ

桐ひと葉落ちて天下の秋を知る桐の葉ならぬモミジなれども

秋

風の音さがして耳をそばたてて妻と帰ろう森の我が家

人去りてまた人去りて秋の暮れ枯れ木に白き月ぞ懸かれり

思い出をたぐりよせれば枯れ葉色キャリーと妻と森の細道

秋の夜は静寂すぎて寂しくて月に向かいて吠えたくなりぬ

屋根に落つるドングリの音なつかしく耳を澄ませし静寂の夜

もう一度妻の寝息を聞きたくて耳を澄ませど夜は深くて

暮れそうでいまだ暮れない黄昏に灯りをつけたり消してみたりと

道端で死んでいるのかアブラゼミ棒でつつけば爺爺《じいじい》と鳴き

散りし葉が風に追われて逃げまどう目で確かめし秋の終わりよ

屋根を打つ激しき雨音驚きて目覚めてみれば肩ぞ冷たき

天《そら》仰ぎ紅く燃えたる彼岸花誰を待つのか土手に並びて

近づけば鳴りをひそめるヒグラシの鳴くまで待とう秋の夕暮れ

することもなき晩秋の陽だまりに振り返ってみる妻との日々

妻が踏む枯れ葉の音の心地よく秋の終わりに言うこともなし

窓を打つ雨のしらたま誘い合い糸となりゆくそれも一興

独り寝る耳にかすかにムシの声寂しさ増して夜更けてテレビ

見上げればウロコの散りて青澄みて台風一過秋の深まり

風強く妻の歌声背に聞けば泣いているのか途切れとぎれに

目覚めればあけぼの色に染まり行く窓のむこうに鳥のさえずり

車椅子目の位置低くなりし今見えぬものより見えるもの多し

陽だまりで息抜くことなきアリたちよその行く末を思う事ありや

花冷えが梅雨ざむ過ぎて時雨月にほんの四季の美しきかな

秋

早坂真紀

くしゃみして空の高さに立ち止まる日焼けの肌はまだ夏なのに

外苑の銀杏時雨に時間《とき》止めて遠いあの日にしばし漂う

リンドウの色を盗みし秋の空浅間のけむり低くおさえて

髪濡らす霧かもしれぬ秋雨に季《とき》を見つめる十月の朝

さりげなく薄き上着を羽織らせてこうして秋はしのんで来るか

霧雨に笠をかけたし道祖神追分あたりで車を下りて

突然の雨の激しく通りすぎ排水口に落ち葉いろいろ

風立ちてスカートたけの長くなりパンツと称《よ》びしズボン嫌いて

ペダル踏む少年の目のひたむきさ坂道登る秋の日の午後

目に見えぬ小さな秋が外苑の銀杏並木を色褪せさせて

秋ふけてコスモスの葉の枯れゆきて肌さす風のあぜ道に立つ

昇る陽もまた沈む陽もつかの間のシロツメ草がビルの谷間に

静けさに夏とは違う色ありき秋は哀しく薄い生成り色

秋の来てムラサキシキブ色づきぬならばないのかセイショウナゴン

走り去る車の残せしつむじ風落ち葉巻き上げ日差しおだやか

枯れ葉追う風を探して陽だまりに目を細めたる子犬がひとり

ビル群を赤く染めつつ沈む陽よ雪原染める色と同じか

ワレモコウススキに紛れて咲きたるを見つけて高き空を見上げる

「寂しいね」夫《つま》のひとこと身に沁みて窓を開ければ枯れ葉の匂い

笑

内田康夫

ぼくはまだ生きているのに心電図《死んでんず》折れ線グラフの今は谷底

ベッドから車椅子へと移ること移乗ということ知った「以上！」

笑

カミさんが芳香剤を買ってきたキンモクセイとはそれはないだろ

除湿器を片付けながら妻わらう女子付きでなく悪かったねと

突然に天丼の味思い出しここを抜けだし喰いに行きたし

イヤホンの歌はどうせデイビッド妻の笑顔に少しヤキモチ

「婆さんや」呼べば応えて「爺さんや」金婚式も間近なふたり

足がつりケイレンという字「あれあれ？」とかたち浮かべど漢字を書けず

笑

トランプにハートがなければ占いも行く末さえも見えず争う

老けたなと妻の横顔見つめれば同じ時間をぼくも生きてた

無色だと思えし季《とき》に色ありきこころ開きて見ればそれぞれ

人生の行き着く先を息つめてアリの行列しばし眺めん

わが著書のタイトル聞けば目に浮かぶあの日あの頃取材の先々

こんなことぼくが言うのも変だけどぼくらはきっとしあわせだよね

笑

いつの日も『きっと誰かが祈ってる』*信じてぼくはメシを完食

*山田宗樹氏の著書名

BSの浅見光彦懐かしくワープロ叩く日ぞ待たれる

今さらに妻の笑顔の美しさそこに恋したぼくとも言える

ちびた下駄放れば裏に雨とよむ遠い記憶はつかのまの夢

なりゆきで書いてみせると豪語した『死者の木霊』がぼくの原点

今ここで眠ってしまえば永遠に目覚めぬ気がして睡魔と闘う

笑

絶望はまだまだ先と思えども動かぬ手足に妻を泣かせる

早坂真紀

「おはよう」とドアから顔を覗かせば待ちかねてたとはじける笑顔

うれしげに「あのね、ゆうべね……」夢みたとことば探してうれしかったと

笑

シングルは楽でいいねと羨んだ今は侘びしくトーストを焼く

十三でアン・シャーリーは私だと騒いだ私がまだここにいる

仕方なく生きているのとつぶやいた青い春は今は何色？

飛ぶ鳥が羨ましいと思う午後テレビを消してコーヒーを飲む

離れればなぜか恋しくそばにいれば早く逃げたい夫《つま》の荒れる日

寒ければ寒い寒いと愚痴を言い暑くなったでまた愚痴になり

笑

あの人もこの人たちも抱えてるこころの奥に何かをきっと
人生に一度はきっとあるはずとこれから起きる奇跡まちをり
涙より笑いが薬と聞いたから今日も夫とクスリクスクス

肩寄せる夫《つま》との距離はゼロセンチ逆に計れば四万九キロ

云々（デンデン）と未曾有（ミゾウユウ）とが肩寄せて国の未来を憂いているか

車椅子押す手のシワの醜さに目をそらせて青空を見る

笑

見上げればビニール袋の泳ぎいるビルの谷間の細き流れよ

来世も結婚しようと言ったけどその時きっと私が年上

引き出しの奥に見つけし口紅を小指でさしてつかの間の艶

朝よりの雨に悩みし我がこころ車にするか電車にするか

飛行機の空引き裂きて何事もなきかのごとく雲で繕う

アララギがイチイのことと知ってから肩の荷下ろし短歌近づく

笑

テクニックも約束事もしらぬまま指を折りつつ短歌よむわれ

スカートのウエスト広げる我の背を右手で抱いて何も語らず

霧雨に降っているのかいないのかはっきりしてよと折りたたみ傘

その水はキャリーの水と言いかねて小鳥の集いに目を細めた日

思い出はあれやこれやと重なりて愚かな若さなつかしくもあり

歌人より佳人になりたく朝夕に乳液摺り込む無駄としりつつ

笑

一瞬のただ一瞬の出来事がつながり続いて今の夫《つま》と妻

いつの日か私のことも忘れるの？　酷い病気と恨みつらつら

リハビリと言いて夫《つま》の指さすり五・七・五……と愛をおくりぬ

前世はイギリス貴族と吹きながらべったら漬けをポリポリと噛む

笑

冬

内田康夫

サザンカの固きつぼみに聞こえたり秋を飛び越え冬の足音

新年を迎える汽笛に船上で妻の背中を抱いた思い出

冬

茜さすビルの谷間の電柱にカラスの止まりて冬は来にけり

クモの巣に枯れ葉の揺れて冬日差し季《とき》穏やかに流れてゆきぬ

ここからは沈む夕日は見えねども庭木の影の長くなりゆく

枯れ芝に身を横たえてシマミミズ陽に干からびた生命《いのち》哀しも

手のひらに舞い降り溶けし風花よ我はいずこで溶けて消えるか

健気にも椿の根元に霜柱間もなく終わるいのちと知らず

冬

静かなる夜明けに独り息つめて行く末思う胸の痛みよ

目覚めればまだ明けきらぬ部屋ざむに時計の針の重なる音する

どんよりと重たき雲の下り来て我のこころを今日も潰しぬ

目の前にミノムシぶらりと下がり来てぼくはセーター重ねて着おり

雲晴れて初冠雪の浅間山思い描きて東京も冬

地を這いて動きを止めしモンキチョウ生命《いのち》見つめて初霜の朝

冬

車椅子早押しで行く朝の道ほほ切る風に「生」のよろこび

「紅白」の終わりて鐘に耳澄ましこころ静かに「今」を見つめぬ

「よろしく」と頭下げれば胸熱く今年も妻の手を借る一年

雲切れて月の光が突然に冷たく射して迎え来たかと

雪明かり頼りに文読むいにしえの人の視力に驚かされる

冴え冴えと冷たき朝に白き月窓に映りて雲ひとつなし

冬

冬ざれの庭に残りしサルビアの燃えたる赤に生命《いのち》思ほゆ

上弦の白月浮かぶ冬の日はチェロなど聞いてこころ穏やか

駅伝をまたも逃せし我が母校テープ切る夢見つつまどろむ

サザンカの咲きたる道に今はなき焚き火のけむりしもやけの手

目を細め近づく妻に手を振れば冬の日差しの柔らかきかな

静けさに窓のくもりを手で拭けば音を吸いつつ雪ぞ積もれり

雪やんで月の光の樹の影は狐狸の類か畏れて鳥肌

車椅子止めてしばらく陽だまりに来し方おもい行く末おもう

早坂真紀

枝にひと葉散るか思案の雪だより浅間の知らせは未だ届かず

お湯のみの温もり両手で抱きしめてその温もりで夫《つま》の頬抱く

冬

つかの間の夢だと思え陽だまりの夫《つま》と語らうこのひとときを

一つでは申し訳ないと二つ買うショートケーキに寂しさ三倍

あふれくる辛さにきつく紐をかけ鐘と流そう明日から新年

割り箸の途中で折れてそのままに年越しそばを独りすすりぬ

黒々とそびえるビルを赤く染め初日は昇る今日から新年

仰向けばくちびるに溶けし風花よその冷たさに熱き想いが

冬

車椅子段差を上がる手の力雪掻くときの重さにも似て

芝庭に取り残されたタンポポの綿毛飛び行く冬晴れの朝

冷たさに古傷痛みて苦笑い捻挫骨折消え去った夢

指先に息吹きかけてバス待てばスズメ来たりて気持ちは春

寒つばき血潮のごとき首ひとつ落ちて色褪せ大地に溶ける

シジュウカラふくれて寄り添う枝先になお冷たくも北風の吹く

箱根路を駆け抜けてゆく若者よ眠りの底の木々の芽知るや

過ぎ去れば時の流れはつかの間ぞ先の見えざる時ぞ長かり

別

内田康夫

「愛してる」この一言を妻に言おう未知なる国に旅立つまでに

振り向くなぼくは間もなく旅に出る前見て歩けそれが約束

別

わが妻の笑顔のなんと温かきわれが逝きても涙ながすな

新しき道を尋ねて旅に出るこころ残りは妻と『孤道』と

早坂真紀

レンギョウをあれはヤマブキと言い張ってそのまま逝くか夫《つま》の笑顔よ

覚悟などかいなきことと知りながら覚悟を決めた早春の朝

別

わが夫《つま》のいのち消えゆく春末だきコブシは咲くやあるじなくとも

時きざむ生命《いのち》の終りを知らなくば春の訪れ楽しむものを

その笑顔やめてと言えどほほえみて柩の中の永遠《とわ》の眠りよ

あとがき

私たち夫婦は一九八三年に、住まいを東京から軽井沢に移した。別荘としてではなく、住まいとして……である。

一九八一年のゴールデンウィーク直後に、夫の『戸隠伝説殺人事件』の取材を兼ねて、二人で戸隠方面にドライブをした。

柔らかな緑に包まれた戸隠の風はまだ冷たかったけれど、湿地では水芭蕉が白い衣をまとって瞑想に耽っていた。そして湖沼にのんびりと漂っている浮島を見たとき、私は都会暮らしで疲れている心に気がつき、こんな自然に包まれた明け暮れに憧れていたはずの自分を思い出していた。

そして帰りに立ち寄った軽井沢に、私は心ときめく恋をしてしまった。

そのころの軽井沢は、新幹線も高速道路もショッピングモールもなく、ほんとうに優雅な〝避暑地・軽井沢〟だった。ゴールデンウィークの喧噪が通り過ぎたばかりの、穏やかで爽やかで高級な雰囲気の軽井沢だった。

森の中の道に車を止めると、やさしい風が窓から流れ込み、フロントガラスには木漏れ日が降り注ぐ。耳を澄ませなくても小鳥の囀りが四方から飛んできて、私はうっとりとして軽井沢への恋心が募り、そして翌々年には軽井沢に住まいを移してしまったのだった。

森の中での暮らしは最高だった。時間が穏やかに穏やかに流れていた。

旧軽銀座の賑わいも、それは一つの風物詩だと解釈すればいい。秋風が吹く頃になれば、すべての「都会の匂い」は東京に帰って行くのだし。

冬。静寂そのものの森の中の我が家では、暖炉の薪が爆ぜ、キツネの遠吠えが聞こえる。雪の朝には、庭を横切るキツネや野ウサギの足跡が残っていた。ベランダには餌をねだる小鳥やリスがやって来る。

長い長い冬が明けると、木々の緑や花々がいっせいに生命の春を謳歌する。こんなにも美しく移ろう季節の中で夫は執筆に勤しみ、二〇一四年に病に倒れるまでのあいだに、百六十二もの作品を生み出していた。私も少女時代に詩を書いていたことを思い出し、それよりも『詩』そのものの世界に漂っていた。

夫は推理小説の執筆の合間に『歌枕かるいざわ　軽井沢百首百景』（中央公論新社）という短歌集を出した。私が知らない間に、軽井沢を百首もの歌にしていたのだった。

そのあとがきに「東京から軽井沢に居を移して二十年。こんなに長く一つの土地に留まったことはかつてなかった。よほど軽井沢暮らしが性に合っているにちがいない。（略）短歌など、ろくに勉強もしたことのない僕が、おこがましくも『百首百景』に挑戦し、あまつさえ『歌枕かるいざわ』と銘打って上梓しようというのだから、その道に研鑽しておられる方から見ると笑止千万だろう。それを承知のうえであえて恥を天下に晒すのは、軽井沢が好きだからである（以下略）』とある。

私たちはほんとうに軽井沢暮らしが気に入っていた。♪二人のため、世界はあるの♪状態だった。

しかし高速道路や新幹線が走り、ショッピングモールができて軽井沢はいつの間にか都会風になっていた。保養地軽井沢が観光地化して、軽井沢らしさが薄れていった。私の盲目的な恋心も薄れていたかもしれない。

軽井沢暮らしも三十年あまりが過ぎた二〇一四年、『孤道』の執筆中に夫は感覚障害という名の病で倒れた。その翌年、脳梗塞になり、東京でのリハビリを兼ねた療養生活に入った。

脳梗塞とはなんと残酷な病気だろう。帯状疱疹の他は病気知らずだった夫は「僕はこの先、どうなるの?」と、恐怖心と不安感に苛まれ、苦しみ悶えながら執筆を続けようとしていた。だが『孤道』が五百枚になった時点で、病状が進んで休筆せざるを得なくった。あと五百枚など、とうてい無理な話だった。

作品は完結していなかったが取り敢えず出版した。続きの完結編は公募することにした。もちろんいずれは執筆活動に戻るつもりでいたが、その間に未だ世に出られずにいる才能の発掘の役にたてればとの思いだった。

しかし夫は、届けられた単行本を右手で抱きしめて、やはり自分で完結させたかったと涙を流した。それでもいずれは執筆生活に戻ると希望は捨てていなかった。

書くという作業を長いこと休んでいると、ほんとうに書けなくなってしまうらしい。それではそれまでの脳活のために、短歌を詠むのはどうだろうとお話をいただいた。短歌だったら短いし、感性を凝縮して温存できる。そして子どものころに覚えたという百人一首をまだ全部そらで詠むほどだし、短歌集だって出している。ああいいなと思ったら、特別にサイトを作り、さらに講談社の「イン・ポケット」という雑誌に「夫婦短歌」という題で連載するという。一応一年の約束で、無理だったら途中でストップしても……と条件付きだった。

しかし夫はいいけれど、私はといえば高校の国語の授業で古今和歌集だとか百人一首だのを触っただけだ。短歌なんて詠んだことがない。私は無理だと言ったのだが、そばに内田康夫という先生がいるから助けを借りればいいと言う。

私は夫の才能を尊敬していたしその才能を枯れさせたくない。しかもそれが夫の脳活になるのならと、畏れも知らず引き受けてしまった。

受けてよかったと思った。もちろんアドバイスをもらいながら、そしてその道の人が見たらそれこそ噴飯ものだろうけど、五・七・五・七・七と指を折りながら取り敢えず二〇一七年の四月号からスタートした。

毎日毎日夫の車椅子を押して散歩をしながら、部屋から外を見ながら、うたた寝する夫のベッドに寄り添いながら……、次から次に歌のテーマが湧いてくる。軽井沢暮らしで身についた感性が役立っているか、もしかしたら作詞家を目指したこともある私には、短歌の才能が眠っていたのかしらと自惚れさせるほどだった。

病気が治ったら二人で軽井沢に帰ることを夢見ながら、肩を寄せあって歌を詠んでいるうちに、夫の生命の灯が細くなりつつあった。

夫はふと私を見つめて、「ぼくたちみたいに愛しあっている夫婦って、そんなにはいないよね」とか、「ぼくはきみをしあわせにするって約束したけど、ぼくの方がしあわせになってしまったみたいだね」と言って、私を泣かせた。

そして「イン・ポケット」二〇一八年五月号の歌を送って間もなく、二〇一八年三月十三日に、夫はほほえんでいるような笑顔を残して、穏やかに逝ってしまった。私の三年半に及ぶ介護生活も終わった。気がつくと、私が夫の介護のために過ごしていた時間が、日常からすっぽりと抜け落ちていた。

しばらくは抜け落ちた時間を何をすることもなくただ意味なくすごしていた。しかしこのままだと私は惚けてしまうと気がついた。そうだ短歌を詠もうと思って私は唖然とした。「もしかしたら私には歌の才能があったのかしら」と自惚れていたのに、私の頭の中から「短

歌」がすっぽりと消えていた。歌を詠もうと思っても、テーマも何も、五・七・五・七・七の
五の字も浮かんでこないのだ。あんなに次々と浮かんでいた歌は、いったい何だったのだ
ろう。
このお話を受けさせたのも私が短歌を詠んだのも、もしかしたら夫の意志だったのだろ
うか。私を操っていたのだろうか。

そういえば夫には不思議な能力があった。

田舎の夜道を運転していて遠くに人影を見て、普通なら道路を横断するのだろうと思う
のに「アッ！　飛び込む！」と感じたのだそうだ。自殺をし損なった男は止まった車の前
から起き上がって、すごすごと去っていったとか。『氷雪の殺人』執筆中に北朝鮮からテ
ポドンが飛んできたり、新聞連載『箸墓幻想』の原稿を渡した後に、小説通りに〝神の
手〟がばれたりと、夫には何かの能力があったとしか思えない。

私にはやはり短歌の才能はなかったのだ。歌人より佳人になりたい……と歌に詠んだけ

れど、夫に操られていただけの私は歌人にも佳人にもなれなかった。でも夫の力を借りたとはいえ、あれだけの歌を詠めたのだから、それはそれで良しとしよう。

著者である夫の名前の最後の表紙。そこに私の名前が並んでいるなんて、なんとうれしいことだろう。これは私が夫からもらう最高の遺品になったようだ。

しかしもう歌は詠めないと嘆いていた私が、夫の墓に詣でて墓石に近づいたとき、突然フレーズが浮んだ。夫はやはり私の中に降りてきたのだった。これから夫がどれほど私の中に滞在してくれるかわからないけれど、歌詠みを続けてみようかな。

二〇一九年三月

早坂真紀

早坂真紀――別れの後に

朱文字より黒く変りし墓碑銘に息のつまりて歩み止りぬ

人間も自然のひとつと思い知る夫《つま》のいのちの灯が消えたとき

待ちかねた桜が咲いたと告げたとき写真の夫《つま》の頬がゆるんだ

早咲きの桜の香りが雲になり雲は流れて霊園も春

桜咲く日を待たずして逝きし夫《つま》あれより二度の花筏見ゆ

内田康夫

1934年11月15日 東京都北区生まれ。コピーライター、テレビCM制作会社経営を経て、80 年に『死者の木霊』でデビュー。83年、軽井沢に居を構える。08年、「第11回 日本ミステリー文学大賞」を受賞。旅情ミステリー作家の代表的人物として知られる。代表作である「浅見光彦シリーズ」はドラマ・映画・漫画化をされている。2018年3月13日 死去。著作数は、未完のまま刊行の『孤道』(毎日新聞社刊・講談社文庫)で163冊。浅見光彦が登場する作品は114冊。本書は164冊めで、最後の著作にして、初の夫婦共著となる。

早坂真紀

11月8日台北生まれ。広告代理店勤務の後、ラジオの構成やCMソングや歌謡曲の作詞をした。内田氏と出会い、二人ですごした日々は五十年あまりになる。95年、詩集『軽井沢に吹く風』で作家デビュー。以来、『軽井沢の芽衣』、『芽衣の初恋』などの芽衣シリーズをはじめ、『空の青、海の碧』、『精霊のいた街』など、詩情、ファンタジー性のあふれる小説、エッセイを発表している。『薔薇に祈りを』、『漂いながら』は大人のための物語でもある。著作数は『森の彼方に　over the forest』(徳間書店)で、23冊。本書は24冊めで、初の夫婦共著となる。

愛《あい》と別《わか》れ　夫婦《ふうふ》短歌《たんか》

平成三十一年四月　五　日　第一刷印刷発行
平成三十一年四月二十二日　第二刷印刷発行

著　者　内田康夫《うちだやすお》・早坂真紀《はやさかまき》
発行者　國兼秀二
発行所　短歌研究社
〒一一二-八六五二
東京都文京区音羽一-一七-一四　音羽ＹＫビル
電話　〇三-三九四四-四八二二・四八三三
振替　〇〇一九〇-九-二四三七五
印刷者　豊国印刷
製本者　牧製本

定価はカバーに表示してあります。

ISBN 978-4-86272-613-1 C0095